Artefakte

Kurzgeschichten von sprechenden Dingen

Rafael Ángel Herra

Artefakte
Kurzgeschichten von sprechenden Dingen

Aus dem Spanischen von
Hans Jürg Tetzeli von Rosador

2017

TWENTYSIX – Der Self-Publishing-Verlag
Eine Kooperation zwischen der Verlagsgruppe
Random House und BoD – Books on Demand

© 2017 Herra, Rafael Ángel
Herstellung und Verlag:
BoD – Books on Demand, Norderstedt
ISBN: 9783740728274

© Spanische Ausgabe:
Uruk Editores & der Autor
San José, Costa Rica, 2016
rafaelangel.herra@gmail.com
hans.juerg.tetzeli@kabelmail.de

Bild: Francela Zamora
Photo: Ana Álvarez

Für Daniela Trottier

Die Schüsseln und Töpfe sprachen folgendermaßen zu den Menschen aus Holz: „Schmerz und Qualen habt ihr uns kosten lassen, ihr habt unsere Münder und Gesichter verbrannt, immer waren sie verrußt und dem Feuer ausgesetzt, ihr habt uns verbrannt und ausgedörrt, und so werden wir euch jetzt verbrennen."

Aus dem Popol Vuh XX C.T.

Die 111 Artefakte dieses Bestiariums

Wenn wir die Windmühlen, die Wasseruhr oder den Büstenhalter fragten, was sie von ihrer Arbeit halten, würden die Antworten die Geschichte der Dinge verändern.

Die Texte dieses Bestiariums nehmen sich vor zu erfahren, was 111 Instrumente sagen, jedes in seiner Einsamkeit und aus seiner Sicht. Ich lade den Leser ein, die Übung nachzuvollziehen. Wenn er es tut, wird er sehen, dass die Artefakte nie wieder dieselben sein werden.

Glauben Sie mir: Wir Computer lügen nicht.

1

Der Käfig

Gäbe es den Gesang der Vögel nicht, wäre es mir gleichgültig, was ich im Leben tue. Es ist angenehm, ihnen zuzuhören, ihre verzweifelte Sehnsucht nach Freiheit so nah zu fühlen, ihren schönen, vergeblichen Gesang.

Man stellte mich her, um andere einzuschließen. Es gibt keine einfachere Aufgabe. Aber auch ich bin eingeschlossen, denn die Türe zu öffnen oder zu schließen, hängt nicht von mir ab.

2

Die Windmühlen

Die überaus groteske Geschichte mit den Windmühlen ist hinreichend bekannt. Nicht einmal wir selbst werden diesen ungerechten Reiter vergessen können, der sich mit dem Schwert in der Hand auf unsere Flügel stürzte, um sie zu zerstören.

3

Der Schlüpfer

Die Doppeldeutigkeit foltert mich nicht, nein, in keiner Weise, aber ich nehme sie wahr und sie lenkt meine Gedanken ab. Ich will ehrlich sein: Die Dinge des Lebens sind sehr weit von meiner beruflichen Angst entfernt. Ich ziehe es vor, die Aufmerksamkeit dem Amt zu widmen und mich darauf zu konzentrieren, die warme Berührung zu genießen, zu der mich meine Berufung bestimmt. Jeder neue Tag ist ein Fest. Wenn ich mich zurückziehe, leide ich; ich zittere, wenn ich zurückkehre, denn es erwarten mich neue Berührungen.

Trotzdem verwirrt mich eine Sache, eine einzige: Sicher wissen Sie schon, meine Herren, die leichtfertig (vielleicht aus Neid) darüber urteilen, welcher Widerspruch meine Arbeitsmoral kompromittiert. Wenn Sie es nicht wissen, werde ich es Ihnen sagen: Ein Teil von mir ergötzt sich am Eingang zum Paradies, während der andere den Ausgang der Hölle bewacht.

4

Das Würgeisen

Man sagt, ich sei das älteste Instrument der Welt. Ich fühle mich geschmeichelt, wenn ich solche Behauptungen höre. Das Alter verleiht Prestige, Vorrecht, Würde. Ich verkörpere die Intelligenz dessen, der mich erfand. Durch mich veränderte sich die Geschichte. Wer kein Blatt vor den Mund nimmt, sagt es: Dank des Würgeisens gibt es Macht. Wie viele Köpfe habe ich nicht schon gebrochen, um sie zum Gehorsam zurückzuführen. Ich habe nichts zu tun, nur mich zur Schau zu stellen und zuzuschlagen. Ich bin rohe Kraft, bin Arglist, obwohl mir einige letztere Tugend absprechen. Meine Verleumder zittern bei meinem Anblick.

Hören Sie mir gut zu: Ich beklage es nicht, so zu sein. Warum sollte ich den Traum aufgeben, dass sich einige schwächliche Typen meinetwegen schlecht fühlen? Hingegen beschämt es mich tief, auf der Straße anderen zu begegnen, die stärker sind als ich, stolze, übermächtige Instrumente mit mehr Prestige, und ich leide, weil ich nicht zu den zivilisierten Waffen gehöre. Ich fühle mich alt, wie aus der Sammlung eines Antiquitätenhändlers. Ich tauge nur noch dazu, Hunde einzuschüchtern.

5

Der melancholische Büstenhalter

Jedermann beneidet mich um meinen Beruf. Glauben Sie mir, das Leben ist nicht leicht: Manchmal muss man große Lasten tragen!

6

Die Treppe

Ich bin es überdrüssig, mit Füßen getreten zu werden. Wie gern hätte ich keine Stufen!

7

Der glückliche Tropfen

Welch ein Glück, geboren zu werden! Ich bin Teil des Taues. Ich ergötze mich, am Stiel der Pflanzen entlang zu gleiten, mich ihren Blüten anschmiegend. Ich fühle mich so wohl, ich beneide niemanden, ich fürchte nur die Mittagssonne … aber was sage ich: Ich bin kein Artefakt, noch gehöre ich in dieses Buch. Ich bin fehl am Platz.

8

Das Toilettenpapier

Niemand sehnt sich mehr danach als ich, den Beruf zu wechseln. Während ich die Aufgaben erfülle, die mir obliegen, lenkt mich der Traum ab, mich in Engelsflügel zu verwandeln, aber, oh Unheil, ich erinnere mich schnell daran, dass es keine Engel gibt.

9

Das Knarren der Türangeln

Wir Türangeln besitzen Pflichtbewusstsein. Wenn man das Wesen der Instrumente studiert, gibt es nichts und niemanden, der so wie wir zeigen kann, wie man Obliegenheiten erfüllt. Wir haben eine geradezu sprichwörtliche Mission. Ohne Angeln gäbe es keine Türen, außer diesen so mangelhaften verschiebbaren Platten, die den Durchgang behindern. Dank uns öffnen sich die Türen – welch ruhmreiche Bestimmung -, aber sie schließen sich auch.

Mit der Zeit, das Gewicht ertragend, bereits vom Drehen nach drinnen und draußen müde, altern wir Angeln und quietschen. Unser Knarren ist eine Klage: Wir sind eines solch großen Gewichts müde geworden.

10

Das Schlüsselloch

Ich bin nichts, nichts bin ich, ich bin nur ein Loch, Perforation, Abwesenheit, aber dank mir gibt es die Schlüssel.

Ohne mich kann man auch nicht auf die andere Seite schauen. Ich verabscheue die Dezenz.

11

Die Trompete

Haben Sie von den Trompeten des Jüngsten Gerichts sprechen hören? Nun, verstehen Sie mich recht, ich arbeite dort. Eine sublime Aufgabe, kosmisch, wertvoller als alle Imperien. Ich übernehme auch andere Aufgaben, wie die Truppe zu wecken oder die Orchester zu begleiten (was täten sie ohne mich!). Ich wurde geschaffen, um die großen Ereignisse der Welt mit meiner Stimme zu lenken. Ich bin der Heere würdig und vergleiche mich mit dem Donner. Glauben Sie mir: Ich könnte nicht mehr Stolz fühlen, aber wie sehr beneide ich die Flöte, ihre sanfte und einzigartige Stimme.

12

Die Kugel

Mein Schicksal ist schwachsinnig: Ich wurde gemacht, um zu töten, und, wenn ich töte, endet alles, mich eingeschlossen.

13

Die Zahl 13

Auf der Liste der Artefakte geht mir die 12 voraus, aber es bleibt ihr nichts übrig, als hinter mir stehen zu bleiben; der 14 hingegen erscheint es eine Beleidigung, dass ich vor ihr bin. So beklagen sich die beiden die ganze Zeit, und ich, zwischen ihnen steckend, kann nichts tun, um den Platz zu wechseln.

Was für ein Pechvogel bin ich!

14

Die Uhr mit Handaufzug

Ich bin an die Zärtlichkeit der Abenddämmerung gewöhnt, wenn sie kommen, um mich aufzuziehen. Ich warte nur auf den Sonnenuntergang. Ohne diese Zärtlichkeit würde ich nicht überleben. Einige meiner Kolleginnen beschleunigen den Schritt, sie gehen zwei, drei, bis zu fünf Minuten vor, um eher die Stunde des Glücks zu erreichen. Nur sie kennen die innere Unruhe. Für andere ist das Leben ruhig: Sie gehen in sanftem Rhythmus, fast eingeschläfert durch ihr Ticktack ohne Stolpern, als müssten sie nie rechtzeitig ankommen und in dem Augenblick, in dem sie ihren Umlauf beenden müssen.

Einige Uhren übereilen sich; andere sind träge. Ich hingegen bin pünktlich, wie es sich gehört. Es gibt auch keine Gründe, nachlässig zu sein, die Geschwindigkeit zu verringern oder zu erhöhen. Die Stunde des Aufziehens kommt immer pünktlich: Ohne sie blieben wir stehen und die Zeit hörte auf.

15

Die Ermüdung des Nagels

Es gefällt mir zu sein, wie ich bin: geduldig, gefühllos, mein Leben zu leben, bis ich roste. Ich wurde hergestellt, um den anderen als Stütze zu dienen. Dies tue ich seit meiner Geburt, und ich will keine andere Beschäftigung. Sie kennen mich sehr gut: Sie wissen, dass ich mich an einem Punkt niederlasse und dort ohne weitere Ansprüche bleibe. Da mein bevorzugter Arbeitsplatz das Holz ist, verbringe ich mein Leben, indem ich darin ruhe, festgenagelt bis zum Boden.

Ich bitte Sie, nicht auf die Lästerzungen zu hören. Ich bin nicht faul. Nach den Hammerschlägen tut mir der Kopf so weh, dass ich mich für den Rest meines Lebens ausruhen muss.

16

Der Hammer

Wenn ich nicht zuschlage, bin ich nutzlos. Ich verbringe mein Leben mit Schlägen. Andernfalls bin ich zu nichts nütze, und stelle mir auch keine andere Daseinsform vor: Ich muss andere mit Kopfstößen traktieren.

Es wäre ein Unglück, wenn dies nicht geschähe. Hoffentlich habe ich immer jemand, auf den ich meiner Bestimmung gemäß hämmern kann.

17

Der Schlüssel

Wenn du einen Raum betreten willst, öffne ich dir; ich öffne auch, wenn du ihn verlassen willst. Wenn man mich nicht berücksichtigt, ist die Tür ein Gefängnis. Ohne meine Hilfe überschreitet niemand die Schwelle, um auf die andere Seite zu gelangen. Von mir hängt alles ab, die Freiheit eingeschlossen.

Trotzdem, wie absurd ich doch bin: Ich öffne Türen, Geheimnisse, Schatzkästchen, Altäre, Weinkeller, Küchenschränke, aber ich schließe sie auch. Ja, ich öffne und schließe, öffne und schließe.

Ich schäme mich, diese so widersprüchliche Persönlichkeit zu akzeptieren.

18

Das Heft

Man schreibt mir Wörter in den Bauch. Einzelne Zeilen, Entwürfe, Zeichnungen. Man macht mir Merkzeichen neben den Buchstaben. Ich muss Streichungen auf meinen Seiten erdulden, die von sehr feinen blauen Linien durchzogen sind, damit die Schrift geradlinig sei. In früheren Zeiten wurde mein Rücken genäht und der Einband zeigte Zeichnungen in schwarzer Farbe. Danach wurden meine Artgenossen auf verschiedene Weise gestaltet, sie wurden illustriert, es wurden Gummi oder Federn benutzt, um die Seiten zu verbinden. Auch heute werden meine jüngeren Schwestern hergestellt, kleine Notizbücher mit verschiedenen Arten von Einbänden, die mit ihrem Glück prahlen. Ihnen zufolge werden auf ihren Seiten nur Geheimnisse niedergeschrieben, intime Gedanken und wichtige Informationen; sie glauben, es sei ein Privileg, Daten und Zahlen auf dem Rücken zu tragen. Arme Mädchen: Die Zahlen langweilen sogar die Hefte.

Es erfreut mich, mich nützlich zu fühlen. Mein Glück verdirbt nur das, was meine Artgenossen und ich niemandem wünschen, nicht einmal diesen eingebildeten miesen Notizbüchern. Wie traurig ist es zu fühlen, wenn du für wenig angenehme und unserem Beruf fremde Zwecke benutzt wirst. Einige säubern Schweinereien mit unseren Blättern. Wie sich das Schicksal wendet!

19

Der Sarg

Ich werde Sarg, Sarkophag, Leichen- und Totenbahre genannt. Ich werde es ohne Umschweife sagen: Jeder dieser Namen offenbart mein Verderben. Glauben Sie mir: Es freut mich nicht, zu sein wie ich bin. Wenn ein lebloser Körper in meinen Schoß gelegt wird, werde ich zum Friedhof getragen und dort enden auch meine Funktionen. Ohne dass ich gestorben bin, werde ich mit dem Leichnam beerdigt. Wozu leben?, fragen wir Särge.

20

Das verlorene Glück der Münzen

Früher machte man uns aus Gold. Wir glänzten. Wir waren begehrenswert. Wir wurden besser als der Augapfel gehütet. In wenigen Worten: Wir waren durch uns selbst wertvoll oder wurden für so wertvolle Gegenstände, wie wir es waren, eingetauscht. Alle Welt liebte uns mehr als die Götter. Wir waren Götter: Es gibt keine andere Art, es zu erklären: Es ist die Wahrheit. Unseretwegen wurde geliebt, gestorben, verraten, getötet. Es wurden auch Kriege geführt oder die Gunst der Feinde erkauft. In der mit Münzen gefüllten Börse erfreuten wir uns, indem wir mit unserer schönen metallischen Stimme sangen. Dieses Klimpern faszinierte einige und rief in anderen Neid hervor. Heute sehnen wir uns nach dem verlorenen Glück.

Wie sich die Welt ändert! Seit sie uns aus billigem Metall machen, ohne jedwedes Gewicht, fast ohne Singstimme, seit diesem Unglückstag kamen wir in Verruf und niemand macht es etwas aus, uns in eine zerrissene Tasche zu stecken. Welch Missgeschick: Wir traurigen Münzen sind die armen Schwestern des Geldes.

21

Die Motorsäge

Es wird gesagt, dass sich die Bäume im Wind wiegen, aber das ist falsch: Sie zittern, wenn sie mich sehen. Es gibt keinen größeren Genuss, als ihnen das Herz durchzuschneiden. Keiner widersteht der Schärfe meiner Säge. Der ganze Wald entsetzt sich, wenn er mich in seinem Inneren fühlt und ich ihn mit der Gefräßigkeit, die mich berühmt gemacht hat, niederreiße. Sein Schmerz verleiht mir Kräfte.

Einige Bäume sagen, dass sie es vorziehen, unter Axthieben zu sterben. Ich gestehe, dass mich diese Angelegenheit ihrer Vorlieben nicht interessiert. Die Äxte sind so veraltet, dass sie kaum ein Lächeln verdienen.

Ich habe Macht über Leben und Tod, aber ein Tropfen von Ungewissheit durchdringt auch meinen Körper: Was wird geschehen, wenn mir der Brennstoff ausgeht?

22

Die merkwürdigen Schuhe

Die Schuhe sind merkwürdige Wesen, die merkwürdigsten unter den Gebrauchsgegenständen. Wenn man hört, wie sie sich miteinander unterhalten, brüsten sie sich außergewöhnlich zu sein: Wo hat man je Zwillinge gesehen, die gleichzeitig links und rechts sind? Sie sagen es sehr stolz und wiederholen es bei jedem Schritt, den sie tun, selbst wenn niemand die Geduld hat, ihnen zuzuhören.

Um zu sein, was sie sein sollen, und sich in ihr Schicksal zu fügen, müssen sie zusammen gehen und jeder am richtigen Fuß. Sie bestimmen den Schritt, indem sie sich aufeinander abstimmen, und enden zusammen im Vergessen, wenn sie pensioniert werden. Keiner der beiden beneidet den anderen. Solange sie in Gebrauch sind, gehen sie mit Fußtritten durch das Leben, wie es sich für diesen Beruf gehört. Viele Dinge gefallen ihnen nicht, zum Beispiel schmutzig zu werden (obwohl ihre Arbeit schmutzig ist); es gefällt ihnen auch nicht, dass sie vergessen werden und sich mit Schimmel bedecken. Vor allem verabscheuen sie, von einem Paar Füße zu einem anderen wandern und neue Gerüche ertragen zu müssen.

23

Der Handschuh oder die Falle Gottes

Man nennt mich die Falle Gottes. Es wird hierherum gesagt, dass Gott die Welt erschaffen hat, aber hätte er nur einen Handschuh erschaffen, hätte es ein linker oder rechter sein müssen. Der Schöpfer hatte keine Alternative. Ich, der Handschuh, kann es bekräftigen und rufe meinen Zwilling zum Zeugen an, um meine Theorie zu bestätigen. Gottes absolute Macht ist begrenzt: ein Handschuh ist entweder ein rechter oder linker: unmöglich, dieser Behauptung zu widersprechen.

Zweifellos bin außerordentlich unter den Dingen, weil ich der Allmacht Gottes Grenzen ziehe.

Ich sage es in aller Bescheidenheit.

24

Der Zug und die Schienen

Der Zug und die Schienen kommen sehr gut miteinander aus. Es gefällt mir, sie plaudern zu hören, wenn sie sich mit ihrer Rolle in der Komödie der Welt einverstanden erklären. Einer ist für den anderen da. Ohne die Schienen rollt der Zug nicht; ohne den Zug sind die Schienen unnützes Zeug: Nichts ist weiser und banaler.

Jeder verrichtet das Seine, erklären die Schienen, wenn sie den Zug in den Kurven kreischen hören; aber es ist ihnen einerlei. Wichtiger erscheint ihnen der ewige Frieden ihrer Ruhe, eng an die Schwellen gedrückt. Während ihres Arbeitslebens rühmen sie sich, immer an ihrem Platz zu bleiben. Der Zug hingegen, der sich von einem Ort zum anderen bewegt, keucht und stößt Rauch aus und verbrennt sich den Bauch mit Kohle. Es ist ermüdend, Lokomotive zu sein, so großes Gewicht zu ziehen und kein Beschwerderecht zu haben, außer Dampf zu schnauben.

Von ihrer passiven Resistenz aus beneiden die Schienen das Wüten des Zuges, seine Sicherheit bei der Ortsveränderung und die Kraft der Maschine, die vor nichts verzagt. Der Zug dagegen sehnt sich nach der Passivität der Schienen. Wie sehr wünscht er, sich nicht mit so großer Anstrengung fortbewegen zu müssen, um in der Ferne zu versinken, wie es die Schienen tun, ohne rollen zu müssen, während sie unter dem Himmel ruhen.

25

Die Tassen

Niemals konnten sie sich in Ruhe unterhalten. Die Tassen diskutierten an den Nachmittagen. Der Grund ihrer Meinungsverschiedenheit zur Kaffeestunde kehrte immer wieder zurück. Wie sollten sie sich einigen? Die Frage war von größter Wichtigkeit: Welcher Mund würde ihren Rand drücken? Zumal es irgendwo geschrieben stand, konnten sie die Lippen ihrer Wünsche nicht wählen: Sie beschränkten sich nur darauf, nach ihnen zu seufzen oder Abscheu zu fühlen. Einer der Tassen, der ältesten, gelang es nicht, die fiebrigen Lippen zu vergessen, die ihr einen roten Abdruck hinterließen: Mit welcher Liebesglut erinnerte sie sich an sie, ah, hätte sie sich diese für immer aneignen können … Wie schmerzte sie der Nachmittag, an dem sie eklige Zähne streifen musste. Ihrer jüngeren Freundin ging es an dem Nachmittag schlecht, als man Schokoladenreste in ihr hinterließ. Man sagt, dass sie sich selbst hasste und träumte, dass sie mehr Glück in einem modernen Restaurant gehabt hätte, wo man das Geschirr gut zu waschen versteht.

Was die Tassen am meisten fürchteten, waren die Risse, denn sie wussten, dass es ihr Schicksal war, eines Tages zu zerbrechen und bereits unbrauchbar auf dem Abfallhaufen zu enden.

26

Der Korken

Wenn mich jemand danach fragt, was ich tue, werde ich ihm sagen: Öffnen Sie die Augen und sehen Sie mich ganz tief im Flaschenhals stecken: So vermeide ich, dass die wundertätige Flüssigkeit verschüttet wird, und trage dazu bei, dass sie nicht umkippt. Wenn der Idiot, der sich für mein Berufsleben interessiert, auch wissen wollte, ob ich mich auf meiner Stelle langweile, werde ich ihm natürlich mit Nein antworten, obwohl ich die ganze Zeit mit Schmerzen in der Leibesmitte verbringe, weil ich immer in dem engen Loch, in dem ich arbeite, so eingepresst bin. Egal. Es befriedigt mich so sehr, den Wein Tag und Nacht zu kosten, sein Aroma zu atmen, seine Feuchtigkeit zu fühlen, dass ich diesen Rausch nie verlassen möchte.

Mein schlimmster Feind heißt Korkenzieher.

27

Der Korkenzieher

Der Korken, der die Zeit damit verbringt, an seinem Arbeitsplatz Wein zu saugen, hat mich zu seinem schlimmsten Feind erklärt. Da hat er sicher recht: Warum sollte ich es leugnen? Ich sage es ohne Bedauern; ich fühle mich vielmehr wohl in meiner Haut, da ich es nun weiß.

Meine Arbeit ist es, Korken zu ziehen. Ich tauge nur dazu und beklage es nicht. Ich habe eher Freude daran. Wie sollte ich es nicht feiern, wenn mich, sooft ich eine Flasche entkorke, ihr irdisches Aroma berauscht? Deshalb verstehe ich die Wut des Stöpsels.

28

Die Weinflasche

Die Weinflasche ist narzisstisch: Sie ist von sich selbst erfüllt, sie genießt ihren Körper, ihren duftenden Atem, diesen Geschmack, der sie unter den Flaschen der Welt so berühmt macht. Sie ist glücklich, sich selbst zu kosten, aber welch Kummer, wenn sie sich leer fühlt.

29

Die Schnürsenkel

Es ist so leicht, sich in unserem Beruf zu verbittern. Wir wurden dazu bestimmt (ich weiß schon nicht mehr, wer es tat), die Schuhe fest geschnürt zu halten. Aus diesem Grunde sind wir immer gespannt, erleiden heftiges Ziehen, das uns den Körper ruiniert, der so schlank und kokett ist, wenn er Schleifen bildet. Es ist nicht unpassend, hier zu erwähnen, wie nah am Boden wir arbeiten. Der Staub, der Lehm, das schmutzige Wasser sind uns widerlich; und ich erwähne andere demütigende Schweinereien nicht. Diese Arbeitsverhältnisse tragen zu unserem Unbehagen bei.

Ein schlimmeres Schicksal erwartet uns, wenn einer der beiden reißt und ein Lehrling ihn ersetzen muss, der sich viel darauf einbildet, neu zu sein.

30

Der unglückliche Radiergummi

Die Stunde des Unheils naht. Ich werde Ihnen den Widersinn erklären, der mich verzehrt.

Wie Sie wissen, wurde ich hergestellt, um die Fehler anderer zu eliminieren. Wenn der Bleistift etwas Unsinniges schreibt, eile ich herbei, um es auszuradieren. Je mehr ich mich anstrenge, meine Pflicht zu erfüllen, desto mehr zehre ich mich auf. Der Sinn meines Lebens ist diese unermüdliche Hingabe zum Wohl anderer. Sooft ich einen Fehler ausradiere, nutzt sich ein Teil von mir ab. Ich kann es nicht vermeiden. Der Tag wird kommen, an dem ich mich auflöse, indem ich den letzten fremden Fehler ausradiere.

31

Die Socken

Die Socken leben ihr Leben nicht, wie es sein sollte, noch wie sie es sich wünschten. Immer beengt, ihre Gesundheit wegen fremder Feuchtigkeit riskierend, verbringen sie die Zeit zwischen der Folter durch die Schuhe und die Füße, die so ungepflegt und übelriechend sind, dass nicht einmal die Toiletten sie ertrügen. Die Zehennägel verletzen sie (wenig scharfe eingeschlossen), zerreißen ihren Körper, machen sie voller Löcher. Deshalb erwarten sie von ihrer Arbeit nie etwas Positives, weder Zuneigung noch schöne Worte, nichts, was sie ermunterte, mit dem Tagewerk zu beginnen. Das Ende des Weges ist auch nicht angenehm: Entweder enden sie nutzlos im Müllkasten oder als alter Lappen, um Schuhe zu putzen.

32

Der Brunnen

Ich weiß nicht, warum zum Teufel vom Brunnen der Wünsche gesprochen wird. Ich bin ein Brunnen, nichts weiter, ich beschränke mich darauf, es zu sein, so wie es meinem Beruf entspricht, ich gebe pflichtgemäß Wasser. Es wird in Eimern heraufgeholt, wobei lange Seile benutzt werden, und das ist's. Es sollte nicht versucht werden, mehr von mir zu verlangen.

Hingegen rühme ich mich, schön zu sein. Ich liebe den Steinrand, der mich beschützt, und den Eisenbogen, der das Seil hält. Ich lebe auf einem Platz, der von Häusern umgeben ist und von Fenstern, wo Blumentöpfe hängen. In der Nähe stehen Bäume, um denen Schatten zu spenden, die mit ihren Krügen kommen und verweilen, um auszuruhen.

Aus irgendeinem Grund werde ich Brunnen der Wünsche genannt. Nun kenne ich ihn. Der Abgrund meines Körpers verursacht Schwindel. Die Wünsche dienen dazu, sie der Furcht gegenüberzustellen, die ich hervorrufe.

33

Die Hängematte

Wie sonderbar ist es, von mir zu reden. Obwohl es nicht schwer wäre, wenn alle Welt die Bedeutung meiner Arbeit sähe. Alle benutzen mich, aber nur einige entdecken, wie sehr ich ihnen diene. Dank mir ruht sich der Müde aus; der Wütende beruhigt sich; der Unglückliche tröstet sich. Kurz: der Stehende sucht mich auf und lindert seine Schmerzen.

Ich muss es sagen: Ich gehöre nicht zum Kreis derer, die sich wegen jeder Kleinigkeit beklagen, aber ich verlange eine gerechte Behandlung durch meine Nutzer. Hoffentlich stürzen sie sich nicht auf mich wie Raubtiere auf ihre Beute. Der Körper schmerzt mich wegen so vieler Stöße und dennoch (erlauben Sie mir dieses Geständnis) habe ich diese Stöße lieber, als wenn man mir gleichgültig den Rücken kehrt, wie sie es immer tun.

34

Das Zündholz

Ich bin widersprüchlich. Täuschen wir uns nicht: Mein Leben, das im Übrigen so rasch vorübergeht, sieht dem anderer Instrumente wenig ähnlich, mit denen es mir nicht einmal einfällt, Arbeitserfahrungen auszutauschen. Ich trage eine riesige Kraft in meinem Kopf, meinen Daseinsgrund, und auch mein Schicksal. Ich weiß es. Ich weiß auch, dass ich die Wirklichkeit verändere, wenn ich mich entzünde. Heimlich feiere ich meine Kraft.

Man tut die Arbeit, für die man hergestellt wurde. Es gibt keine Alternative. Aber meine Freude ist kurzlebig: Wie soll ich mich wohl im Leben fühlen, wenn ich mich opfern muss, um meine Aufgaben zu erfüllen?

35

Das Automobil

Wir alle sind Maschinen und zu irren ist den Maschinen eigen.

Ich kenne die Defekte: Wozu soll ich Zeit vergeuden, um von ihnen zu sprechen? Sehen Sie: Ich habe einen heulenden Motor, dessen Kraft ich auf den übertrage, der sich an das Lenkrad klammert und dank mir sein Selbstwertgefühl erhöht, denn viele ersetzen ihre fehlende Potenz durch mich. Mein Körper ist prächtig: leuchtende Farben, Teile aus Nickel, Scheinwerfer, welche die Nacht unterjochen. Ich bin großzügig mit meinem Zauber. Ich verlange nichts dafür. Ich teile meine Macht. Ich billige diese Kollegen mit großen Reifen nicht, die ihr Leben damit verbringen, im Schlamm zu rutschen und alle Welt anzuspritzen, während sie wie Bestien donnern. Ich weiß nicht, ob ich die Rennwagen beneide oder sie verachte. Ich bitte Sie, tolerant mit meinen Ambiguitäten zu sein.

Da uns manchmal der Motor versagt, erleiden wir die Beschämung, Obszönitäten gegen unsere Integrität zu hören. Die Chauffeure sind ungezogen. Ich weiß nicht, wer ihnen verzeihen könnte. Das Unglück, das uns Automobile bedrückt, ist es, von einem Idioten am Steuer abzuhängen.

36

Das Kondom

Was bin ich? Warum bin ich das, was ich bin? Existenzielle Zweifel befallen mich. Wenn ich ruhig in der Kapsel warte, wo meine Kollegen und ich aufbewahrt werden, passiert nichts. Aber wenn ich herausgeholt, benutzt und bei meiner Arbeit unter Trommelwirbeln und Stöhnen bis ins Innerste gesteckt werde, wird meinem Leben ein Sinn aufgezwungen, der mir fremd ist. Wie absurd: Ich hänge von der Lust anderer ab, um zu existieren, und dann ende ich im Vergessen, als Abfall ohne jeden Nutzen. Ich bin Verschwendung, ich nehme an fremder Intimität teil, ohne zu genießen.

Manchmal ermüde ich und, da ich die Misshandlung nicht aushalte, übe ich Rache, indem ich vor der Zeit reiße.

37

Das Telefon

Ich gehöre zu der Art von Instrumenten, die nur dazu dienen, dass andere sprechen. Ich kann dem nicht abhelfen, noch kümmert es mich. Vielmehr genieße ich die Gespräche. Dank mir kommunizieren die Anderen. Ich höre zu und spreche ins Ohr. Nichts weiter. Ich erfahre die Geheimnisse der Welt, aber – welch Ärgernis – ich kann sie nicht verbreiten.

38

Das Klosett

Ich schlucke mein Schicksal.

39

Der Anker

Ich zähle mich unter die mehrdeutigsten Instrumente, die es gibt. Wenn sie mich, am Schiffsrumpf hängend, durch die Meere spazieren fahren, fühle ich mich passiv, ohne etwas zu tun. Ich begnüge mich damit, die Zeit bei der Galionsfigur zu verbringen, weil sie die bösen Geister fernhält. Aber die Sonne, der Wind, der Sturm ermüden mich. Auch die Wasserspritzer ermüden mich.

Ich genieße es, wenn das Schiff im Hafen ankommt und anlegt, denn dann bohre ich mich in den Meeresgrund. Ich ruhe mich nur aus, wenn ich arbeite.

40

Der Hut

Ich bin nichts Besonderes: Ich beschränke mich darauf, die Sonne zu verdecken, aber denken Sie nicht, dass ich es sehr gut mache? Das würde mir genügen, um zufrieden zu sein. Hingegen müssen einige meiner Artgenossen viel Wind machen. Mit breiten Krempen oder Federn und mit Farben geschmückt, sehen sie ihrer Meinung nach besser aus und blasen sich mit eitlen Allüren auf. Was für eine Schande: Sie müssen mit Glanz die Geringfügigkeit ihrer Arbeit verbergen.

41

Das Bett

Mit ein wenig Wohlwollen werden Sie mich verstehen: Ich ziehe es vor, in Begleitung zu sein; aber ich beziehe mich nicht auf die Nähe meiner Artgenossen, sondern auf diejenigen, die mich aufsuchen, um sich auf mir auszuruhen. Eine merkwürdige Gewohnheit. Ich kenne meine Lebensgefährten sehr gut. Wir verbringen die Nächte und einen Teil des Tages gemeinsam. Ich fühle mich wohler, wenn sie ruhig schlafen. Manchmal empfinden sie, sich im Bett wälzend, so große Unruhe, dass sie mich in der Nacht durch ihre vergeblichen Versuche einzuschlafen belästigen. Wenn sie träumen, nehme ich ihre Träume fast wahr. Sie übermitteln mir Hass und Zärtlichkeit. Ohne ihren Kontakt verbringe ich eine trostlose Zeit, denn mein Leben ist das ihre. Ihre Transpiration, ihre Bewegungen, ihr plötzliches Aufwachen, ihre Müdigkeit zur Stunde des Aufstehens: ich begleite sie bei allem. Ich beneide nur ihre Freuden, wenn sie in Begleitung schlafen, selbst wenn es auf Kosten meines Rückens geht: Ihre rhythmischen Bewegungen sind so angenehm. Unglücklicherweise genieße ich das Wichtigste nicht: nur sie.

42

Die Brille

Man sagt, ich sei hergestellt worden, um die Sicht zu verbessern. Die versagenden, nutzlosen Augen werden durch mich, die Brille, reaktiviert und erlangen wieder die verlorene Sehkraft. Ich gehe mit ihnen überall hin, ihrer Reise durch die Welt vorangehend, fest auf der Nase sitzend und mich an den Ohren festhaltend, um nicht herunterzufallen.

Die Brille ist die beste Komplizin dessen, was die Augen sehen: diskret, präzis, immer darauf bedacht, die Objekte im Blickfeld nicht zu verzerren. Ich für meinen Teil hege keinen Groll, noch habe ich einen Grund, mich über meinen Beruf zu beklagen. Manchmal beschlagen sich meine Gläser, aber ohne böse Absichten.

43

Die Schreibmaschine

Ich fühle mich stolz, wie groß ist mein Stolz, ich kann ihn nicht verbergen: Dank mir, meinen Tasten, meiner Walze und meinem Freund, dem Papier, dank diesem so robusten Körper, der die Schicksalsschläge erträgt, wurden Seiten über Seiten geschrieben, unendlich viele Seiten über alle Dinge. Meine Arbeit bereicherte Bibliotheken, Archive, Phantasien. Ich habe so viele Geschichten geschrieben, so viele Schriftsätze! Ich vergesse die Liebesbriefe nicht, noch den Hass, der seine Spur auf dem von meinen Tasten gehämmerten Papier hinterließ. Ich bin das geschriebene Wort, aber was sage ich, was tue ich gegen so viele infame Computer, die gekommen sind, um mich zu ersetzen?

Ich werde im Museum unbrauchbarer Dinge enden.

44

Der Nachttopf

Ohne Kommentare.

45

Die Mauer

Immer gibt es eine andere Seite.

Immer gibt es jemanden, der darauf brennt, über mich auf die andere Seite zu gelangen. Immer sehe ich seine Augen voller Verzweiflung.

Mir hingegen sind die eine und die andere Seite gleichgültig.

46

Der Fernseher

Mein Beruf ist sehr unterhaltsam. Ich ergötze mich daran, diejenigen anzuschauen, die schauen. Ich beobachte vor mir unbewegte Gesichter, beinahe tote Körper, Augen, die nicht blinzeln, fasziniert von dem Müll, den ich auf sie werfe.

Wenn sie wüssten, wie sehr ich über sie lache.

47

Der Teppich

Ich bin schön, ich trage zur Wärme und dem guten Aussehen der Räume bei. Wenn mehrere von uns zusammenkommen, geben wir ein besseres Bild ab. Wer hat nicht schon ein Wohnzimmer gesehen, das mit Teppichen ausgelegt ist, ihre bunten Muster und unsere Leidenschaft aufzufallen?

Im Allgemeinen beklage ich mich nicht. Ich bin mit mir zufrieden. Es gefällt mir, weich zu sein, einladend und dass ich bewundert werde. Hingegen ist die Mehrzahl meiner Freunde sadomasochistisch: Es gefällt ihnen, sich zu zeigen, während sie Vergnügen daran finden, getreten zu werden.

48

Der Spiegel

Es scheint schwer, den Beruf des Spiegels auszuüben, als müsste man nur da hängen, immer verfügbar, um zu reflektieren, was sich davor stellt.

Ich amüsiere mich sehr und rühme zu sein, wie ich bin, und zu tun, was ich tue. Denken Sie zum Beispiel an diese Typen, die sich mir nähern (ich sehe sie kommen) und jede Art von Faxen mit dem Gesicht und dem Körper schneiden (ich sehe ihre Illusionen und Frustrationen), sie lächeln sich an, indem sie mich anschauen, sie gehen sogar so weit, sich zu hassen, ohne es zu bemerken (ich gebe ihnen ein Bild wieder, das sie nicht sehen wollen): zu ihnen bin ich kalt, frech, fast gehässig. Es ist mir einerlei, was sie sich vorstellen: Man sieht es in ihrem Gesicht.

Es freut mich, kokette Gesichter wiederzugeben, volle Lippen, die mich fast küssen wollen. Ich verbringe das Leben damit, Freuden und Arroganz zu reproduzieren, Verbrechen, leere Zimmer. Manche hängen mich neben das Bett, um ihre Heldentaten zu verdoppeln.

Mir ist es einerlei, ob ich meine Arbeitszeit damit verbringe, Phantasien oder Miseren zu spiegeln. Es verbittert mich, kein eigenes Leben zu haben. Ich lebe nur das Leben der anderen.

49

Die Pfanne

In meinen Arbeitsstunden verbrenne ich mir den Körper. Ich verrichte keine Aufgabe, ohne das Feuer, das mich durchdringt. Aber ich habe einen größeren Schmerz als diesen, wenn ich mein Curriculum überprüfe. Sie wissen es ja: Ich diene dazu, Speisen zu braten und zu kochen, ich fühle ihr Aroma, ich betaste ihre Textur, schmiere meinen Körper mit ihren Saucen ein, aber nie habe ich Appetit und es gelingt mir nicht einmal, ein Stückchen Zwiebel zu verschlingen. Mich foltert das Feuer und ich verzichte darauf zu essen.

50

Das Vorhängeschloss

Mein Ruhm besteht darin, meine Pflicht zu tun, ohne dass mich etwas ablenkt. Es gibt keinen Beruf, der mit mehr Eitelkeit ausgeübt würde als meiner. Niemals frage ich mich, was ich schütze und warum, noch wozu. Ich lebe zufrieden mit mir selbst, mit Ausnahme einer kleinen Unannehmlichkeit, die mich daran hindert, ein für allemal ruhig zu hängen: Um meine Arbeit zu verrichten, hänge ich vom Schlüssel ab. Ohne ihn bin ich nutzlos.

51

Wenn die Kompasse voneinander abweichen

Wir hätten es nicht bemerkt, wenn es nicht die Unehrerbietigkeit dieses unbedeutenden Kompasses gegeben hätte, der, verärgert darüber, ständig nach Norden zu schauen, die Magnetnadel in eine andere Richtung drehte. Als wir anderen ihn dazu zwingen wollten, dorthin zu zeigen, wohin er nach Recht und Gesetz zeigen sollte, bemerkten wir, dass jeder seine eigene Nordrichtung hatte.

Es war etwas auf der Welt Unvorhergesehenes, aber viele von uns dachten, dass die Uneinigkeit bereits vom Anfang aller Dinge an existiert hatte.

52

Der Ziegel

Ich bin einfach, ich passe mich leicht an, ich stelle nichts zur Schau und dennoch – sage ich mir immer - müsste ich unermesslichen Stolz fühlen. Ich bin der erste Schritt der Zivilisation, obwohl ich aus gewöhnlicher Tonerde gemacht bin. Mit mir wurden Häuser erbaut, Paläste, Mauern und sogar Tempel und ich war den Göttern nahe. Oder die Götter wohnten in mir. So viele Motive für den Stolz und wie demutsvoll ich bin!

Wer würde mich um mein Schicksal beneiden, wenn er mich so zwischen Ziegeln und noch mehr Ziegeln gepresst sieht, ohne dass ich mich bewegen oder schreien kann?

53
Auslassungspunkte

...

54

Die Fahne

Jeder würde sagen, Fahne zu sein, sei ein Beruf ohne Komplikationen. Ich gebe dies ohne Einschränkungen zu. Wie wohl fühle ich mich an der Stange, lieblich flatternd und vom Wind gewiegt. Immer werde ich aufgezogen geführt, nach vorne schauend, als wäre ich eine mitleidlose Waffe. Es ist hart, eine so große Verantwortung zu tragen. Viele Kolleginnen lässt man im Regen verfaulen, bis sie verschlissen ermatten, aber immer noch durch den Glanz des Berufes aufgebauscht sind.

Ich bin ehrlich: Ich kann die Befriedigung durch die gut verrichtete Arbeit nicht verbergen, aber was für eine Schmach ist es, so viele Dummköpfe wahrzunehmen, die sich unbesiegbar fühlen, nur weil sie sich an mich klammern.

55

Die Vorhänge und das Fenster

Im Anfang war das Fenster.

Im Anfang war das Fenster ein Loch in der Wand. Ein Loch, um das Licht hereinzulassen und den Blick hinaus zu ermöglichen. Und so war alles gut getan.

Dann war es nötig, den Blick hinein zu vermeiden und die Sonnenhitze zu mildern, und die Vorhänge wurden gemacht und es war gut so.

In den darauffolgenden Zeiten war nichts mehr nötig und die Vorhänge und die Fenster wurden gute Freunde, Weggefährten, und sie gewöhnten sich daran zusammenzuarbeiten, Schulter an Schulter, wie man zu sagen pflegt. Was können sie sich unter Kollegen mehr wünschen, in einer Ordnung, in der die Verteilung der Arbeit respektiert wird?

So wäre es in aller Freundschaft weitergegangen, bis es einem Delinquenten einfiel, diese schrecklichen Jalousien zu erfinden, ohne die Anmut und die Koketterie der Vorhänge. Dem Fenster blieb nichts anderes übrig, als sich den Zeiten anzupassen.

56

Die Papierserviette

Nein, täuschen Sie sich bitte nicht, glauben Sie nicht, dass sich meine Pflichten darin erschöpfen, seidige Haut zu streifen. Wie nachsichtig wäre der Schöpfer der Servietten mit mir, würde ich mich nur dem Küssen warmer Lippen widmen, aber so ist die Arbeit nicht. Ich verbringe mein Leben damit, Schmutz zu reinigen, und ende in der Schande.

57

Das Buch

Ich existiere, weil ich gelesen werde. Würde mich niemand lesen, wäre ich Materie, nur bedeutungslose Materie. Ich lebe von Wörtern. Alle Wörter sind in mir, ich weiß alles. Ich rege die Träume an, das Lachen, den Tod und ich träume, lache und sterbe nicht. Wer könnte mir abstreiten, dass ich der Erinnerung Leben verleihe? Die Erinnerung überlebt kaum ohne mich, notleidend und fragmentarisch.

Damit Sie mich gut verstehen, meine Damen und Herren, bitte ich Sie, Folgendes zu begreifen: Die Form der Gegenstände bedingt, wie man die Realität wahrnimmt. Meine Form sind die Wörter und damit bedinge ich alles, das, was existiert, und das, was nicht existiert, alles außer mir selbst, weil ich, oh Buch, das ich bin, nicht lesen kann, was in mir geschrieben steht.

58

Die Zeitung

Mein Leben ist eine Orgie von Wortgefechten. Auf meinem Rücken trage ich, was zu wissen und zu vergessen nötig ist: Wahrheiten, Lügen, Kriege, Banalitäten, Illusionen und Gerüchte. Jede Nachricht gilt einen Tag lang, mit ihren Schlagzeilen und Fotografien. Ich kann alles ertragen, in Farbe und in Schwarz-Weiß. Es freut mich, so nützlich zu sein. Wer könnte bessere Dienste leisten als ich? Jeder weiß es; wer es nicht weiß, kann es in einer meiner Spalten lesen und sogar in den Sektionen für Sport oder Hampelmänner, die so attraktiv und nutzlos sind.

Meine große Mission in der Welt läuft nur ein Risiko: in Toilettenpapier verwandelt zu enden.

59

Die Zahnbürste

Ich weiß sehr wohl – und niemand hat es mir gesagt -, dass mein Amt wichtig ist. Es ist sogar unentbehrlich. Wer könnte es leugnen oder es mir vorwerfen? Es ist ein würdiges Amt, das mich erfüllt, der Hygiene geweiht. Ohne mich könnten die Zähne nicht zwischen den Lippen glänzen. Ich trage zur Schönheit der Welt bei, aber was für eine Schmach: Was ich tue, ist ekelhaft und ich ende mit gekrümmten Borsten.

60

Der Feuerlöscher

Das Feuer zu bekämpfen, ist ein Amt von großer Würde. Ich genieße es. Ich fühle mich wohl in meiner Haut. Ich weiß auch, dass mich viele um diese Macht über das Feuer beneiden. Mein Unbehagen bezüglich der Arbeit wurzelt dort, wo Sie es sich nicht vorstellen. Nach so großer Anstrengung, Flammen zu ersticken, bin ich trocken, mit nichts drinnen. Vielleicht verstehen Sie eines Tages meine Angst vor der Leere.

61

Arte factum

Arte factum, ergo sum. *

---

*lateinisch, „arte factum", durch Kunst geschaffen, ein Kunsterzeugnis, „ergo sum", also bin ich, in Anlehnung an den berühmten Satz des Philosophen René Descartes „Cogito, ergo sum.", „Ich denke, also bin ich."

Etwa: „Kunst zu schaffen, ist mein Daseinsgrund."   Anmerkung des Übersetzers

62

Die Öl-Kerze

Diejenigen, die sagen, dass ich erlösche, wenn das Öl aufgezehrt ist, lügen. Sie lügen und lügen. Die Wahrheit ist eine andere: Ich gehe aus, weil die Finsternis größer ist als ich.

63

Der Lippenstift

Ich bin diskret, obwohl es nicht so zu sein scheint. Ich setze den Körper nicht einmal fremden Blicken aus. Man muss die Hülse abziehen und mich drehen, damit ich mich zeigen kann. Meine Arbeit besteht darin zu verschönern, Farbe zu verleihen und die Formen hervorzuheben. Sooft es mir gelingt, die Wirkung sinnlicher Lippen hervorzurufen, fühle ich mich würdevoll, unersetzlich, obwohl es Münder gibt, bei denen ich den Mut verliere, weil ich nichts tun kann, um ihnen zu helfen.

64

Der Strick

Unter den Artefakten gehen viele Kollegen nur einer Beschäftigung nach. Ich hingegen rühme mich, vielerlei Verwendungszwecke zu haben: ich drücke zusammen, binde fest, stütze ab, ziehe sanft zusammen, verflechte mich, werde zum Knoten oder Bindeglied, verwandle mich in ein Netz. In jedem Fall verstehe ich es sehr gut, meine Aufgabe zu erfüllen, und es ist mir auch egal, was ich tue, sogar wenn ich zu einem Galgenstrick zusammengerollt werde.

65

Der Hebel

Ich habe eine beneidenswerte Eigenschaft unter den Instrumenten: Wer kann wie ich seine Kraft vervielfältigen? Wie ein Gelehrter sagte: Gebt mir einen Stützpunkt und ich werde die Welt bewegen. Dies ist mein beruflicher Vorteil, aber auch meine Schwäche: Ohne Stützpunkt tauge ich zu nichts.

66

Viagra

Wenn mich auch die Kürze des Lebens sehr beunruhigt, beende ich meine Tage doch glücklich. Ich arbeite nicht nur mit großer Leistungsfähigkeit, sondern bin auch wie kein anderer Altruist bei der Erfüllung meiner Aufgaben: Ich steige ins Nichts hinab, damit andere zum Himmel auffahren.

67

Die Schraube und die Mutter

Was täte eine Mutter allein in der Werkstatt? Wozu diente eine Schraube ohne die Mutter? Wenn sie nicht danach streben, in einer Schachtel mit wertlosem Krempel vergessen zu werden, müssen sie sich miteinander verschrauben, um etwas aus ihren Leben zu machen. Sie wurden so hergestellt und so werden sie bis ans Ende aller Zeiten sein.

Manchmal zerfrisst sie die Unsicherheit über die Zukunft und die Schraube sagt:

„Immer zusammen, aber verrostet."

Die Mutter antwortet mit genussvollem Sadismus:

„Verrostet, aber zusammen."

68

Die Lupe

Ich gehöre einer einmaligen Zunft an. Glauben Sie mir, ich bin so ehrlich, es zu sagen: Ich verbringe mein Leben damit, alles zu übertreiben.

69

Die Feile

Ich bin furchterregend.

Wenn ich gebraucht werde, bin ich zu Diensten, um die härtesten Metalle abzunutzen, die verzagen, wenn sie mich in der Nähe fühlen.

Ich bin räuberisch.

70

Die Beißzange

Mit welcher Strenge ich arbeite! Ich erfülle meine Pflicht, indem ich das Leben anderer zusammenkneife. Ich will es nicht verbergen: Wenn ich beiße, fühle ich unvergleichliche Freude.

Man sagt, ich sei das sadistischste aller Instrumente. Das ist richtig: Ich prahle damit.

71

Der Stuhl

Als man mich erfand, wurde die Geduld erfunden. Ich kann es nicht anders ausdrücken, denn so viele setzen sich auf mich, so viele Teile des Intimbereichs muss ich ein ums andere Mal ertragen und ablehnen, dass ich die Belästigungen täglich weniger aushalte. So werde ich altern, ich zweifle nicht daran. Mein Schicksal ist nicht ein Hintern, sondern tausend, oh Unglück!

72

Der Krug

Der Krug geht so lange zum Brunnen, bis er bricht, sagen die Weltfremden.

Aber die Weltfremden wissen nicht, dass mir das frische Wasser schmeckt. Ich genieße es auch, wenn man mich emporgehoben trägt: Wie warm fühlt sich der Körper an, wenn mich die Arme drücken, um mich zum Brunnen zu bringen und mit meinem Bauch voll Wasser zurückzukehren. Ich könnte meinen Beruf nicht wechseln.

Nur wenn ich mich eines Tages lebensmüde fühle, werde ich brechen.

73

Die Straßenbahn oder die Gelassenheit der Maschinen

Ich bin langsam, fast faul. Der Kraftaufwand beim Schnellfahren ist mir unsympathisch. Sollen andere draufgehen, wenn sie wie Idioten beschleunigen. Sie wurden so konstruiert. Wenn Sie es nicht glauben, fragen Sie die Schnellzüge oder dieses andere Artefakt, das auf einer Schiene schwebt; oder die Flugzeuge: Diese werfen dem Zug vor, dass er nicht fliegen kann, und der Zug verspottet die Flugzeuge, weil sie sich nicht auf Schienen fortbewegen können. Die schwebende Bestie verhöhnt die Flugzeuge und den Zug. Wie es ihr gefällt, sie streiten zu sehen.

Ich beneide nichts, noch spotte ich über jemanden. Wer mich benutzt, um von einem Ort zum anderen zu gelangen, zieht die Gelassenheit der Maschinen vor. Unsere Beziehung kann in wenigen Worten beschrieben werden: Ich halte an, lasse die Fahrgäste aussteigen, andere steigen ein, ich setze die Fahrt fort; ich halte wieder an, einige steigen aus, andere fahren fort; ich schließe die Türen, fahre bis zur nächsten Haltestelle; die neuen Fahrgäste tauschen den Platz mit denen, die weggehen; neue Fahrt, bis ich anhalte, einige gehen, andere kommen, ich schließe die Türen, ich fahre ab, ich halte an, sie steigen aus, steigen ein, der Motor röhrt, die Schienen quietschen, es folgt eine Haltestelle, Fahrgäste kommen, steigen ein, steigen aus, steigen ein, steigen aus … ich verabscheue diese Routine.

74

Das Gas

Gas zu sein, ist eine schwere Aufgabe. Mein Leben besteht darin, mich zu entzünden und mit dem Feuer zu verschwinden. Wenn dies geschieht und ich mein Schicksal bemerke, ist es zum Protestieren zu spät.

75

Der Angelhaken

Ich bin ein Angelhaken, mein Beruf ist merkwürdig: Ich tauge nur etwas, wenn ich mich in einen Fisch hake. Könnten die Fische hassen, würden sie mich und alle Angelhaken hassen, aber sie wissen nichts von uns, bevor sie uns nicht in ihren Schlund gespießt fühlen.

Würden sie es bemerken und könnten wir uns unterhalten, würde ich ihnen sagen: „Sehen Sie, meine Herren Fische, schauen Sie mich gut an, mein Leben als Angelhaken ist so trostlos, dass sein Sinn von Ihnen abhängt. Ich danke Ihnen, dass Sie sich opfern, um mir diese schwere Last ertragen zu helfen."

76

Das Gift

Ich bin sehr vorsichtig. Ich spreche wenig von meinen Beschäftigungen. Ich habe tatsächlich eine Mission, eine einzige und begnüge mich damit, denn ich bin nicht durch ungesunden Ehrgeiz charakterisiert.

Wenn ich mich genau betrachte, verstehe ich, warum einige Artefakte keine Freunde ihrer selbst sind: Wenn sie es wären und sich kennen lernten, würden sie eine große Überraschung erleben, wie sehr würden sie leiden, nähmen sie sich wahr und wüssten sie, was ihnen zu tun gebührt. Viele sind neidisch und leben vergiftet, außer mir, dem Gift selbst.

77

Die Sandale

Weh mir, welch ein Schicksal, ich weiß nicht, was schlimmer ist: das Leben zwischen Schweiß und üblen Gerüchen plattgedrückt zu verbringen oder mich am Boden hinzuschleppen, sooft der Fuß einen Schritt macht.

78

Der Strichpunkt

Kein Artefakt ist unglücklicher als ich.

Mein Unbehagen kommt von einer Identitätskrise: Ich bin weder Strich noch Punkt.

79

Die 69

Man hat mich um eine Autobiographie gebeten. Von mir zu sprechen ist zugegeben verführerisch, selbst wenn die Frömmlerinnen erröten. Die Frömmler interessieren mich nicht. Im Grunde ist das Leben so. Ich verbringe die Zeit in senkrechter Stellung, denn ich bin nur die unnütze Metapher für etwas, was die Übrigen in waagrechter Lage genießen. Ich sterbe vor Neid.

80

Das Abführmittel

Ich bin nicht arbeitsscheu, aber wenn ich meine Pflicht erfülle, werde ich zu Scheiße ... Ich möchte meinen Beruf wechseln!

81
Die Perücke

Ich würde es verdienen, an oberster Stelle dieses Buches über Artefakte zu stehen: Ich bin schön, großzügig, ich verleihe dem Träger Prestige. Aber wie unwissend ist sein Autor und wie groß seine Respektlosigkeit, denn er verbannt mich auf diesen 81. Platz, der nicht die geringste Bedeutung hat!

82

Die Unterhose

Es bleibt mir nichts anderes übrig, als zu tun, was ich tue, und meinen Stolz angesichts der Unverschämtheit meines Bewohners zu brechen, der sich manchmal wichtig tut. Glauben Sie mir, ich würde das hinnehmen – was soll's -, aber wie schütze ich mich vor seinen Gerüchen?

83

Die Elektrizität

Ich laufe mit Lichtgeschwindigkeit, die Götter könnten meine Kraft nachahmen, wenn sie nicht eifersüchtig wären. Da ich widersprüchlich bin, produziere und zerstöre ich. Alle Welt kennt meine Freundschaft mit den Generatoren, obwohl wir in Wirklichkeit zusammenarbeiten: Ich schäme mich zuzugeben, dass meine Existenz von ihnen abhängt; aber was ich am meisten beklage, ist, dass ich den töte, der mich anzieht.

84

Das Thermometer

Ich gestehe, dass ich vielseitig bin, wenn ich die Körpertemperatur messe; ich kann zum Beispiel unter dem Arm bleiben oder im Mund unter die Zunge gepresst: Dort fühle ich mich wohl, während ich arbeite. Aber wenn ich bis zum Grund in einen gewissen Ort gesteckt werde, protestiere ich aus voller Kehle gegen das erbarmungslose Wesen, das mich baute, selbst wenn mich niemand hört.

85

Die Mülltüte

Ich leiste einen unvergleichlichen Dienst, niemand zieht es in Zweifel. Die Stadt kann sich stolz auf mich fühlen und sogar dankbar für meine wohltätige Arbeit. Dank mir ist die Umwelt sauber, würdig, betrachtet zu werden. Ich könnte mich wohl fühlen, aber dann frage ich mich: Wer kann mich ohne Missfallen ansehen?

86

Das Taschentuch

Ich bin altruistisch: so kennt man mich überall. Obwohl ich nicht einsehe, warum ich deshalb in der Öffentlichkeit damit prahlen sollte, bemerke ich, dass der Grund für meine Berühmtheit der Abscheu ist.

87

Die Verkehrsampel

Grün, rot, gelb, grün, rot/gelb, gelb, rot, grün, rot, grün, gelb, gelb, rot, rot, grün, grün/gelb, gelb/rot, grün, rot, gelb, rot, rot, rot, gelb, grün, rot, grün, rot/grün … nur in den Erzählungen wie denen dieses Buches, in denen ich einige Zeilen einzunehmen verdiene, lieber Leser, nur in den Fiktionen wird es mir erlaubt, die Reihenfolge der Farben zu ändern, denn in der Wirklichkeit ist mein Leben langweilig, immer die gleiche Reihenfolge, immer das Gleiche, immer das Gleiche.

88

Das Astrolabium

Zu meiner Zeit, bevor die Zeit verging, war ich so gelehrt, dass ich mich an Nützlichkeit mit dem Kompass und dem Seil, mit dem Senkblei oder dem Winkelmaß messen konnte. Sogar die Sterne folgten meinen Anweisungen, um ihre Bahn zu ziehen, ihr Licht imitierte den Glanz meiner Bronze. Ich war nützlich und schön; aber heute, oh Unglück, weiß niemand, was ich bin, wenn er meinen Namen hört, noch weiß man, wozu ich diene.

89

Die Zahnkrone

Ich habe einen königlichen Namen. Meinen Sie nicht, es ist ein Grund, stolz zu sein, dass mich sogar die Könige brauchen? Ich frage: Glauben Sie, es sei der Mühe wert, das Leben platt auf einem Backenzahn zu vergeuden? Der Speichel voller Bakterien ist mit egal, aber wie traurig ist es, die Speisen vorbeiziehen zu fühlen, ohne sie wenigstens kosten zu können.

90

Der Meißel

Ich fühle mich wichtig, wenn mich das Lexikon mit meinen Eigenschaften so beschreibt; „Werkzeug von 20 bis 30 cm Länge, mit einer gehärteten keilartigen Schneide sowie einer ungehärteten Schlagfläche, das dazu dient, mit Hammerschlägen Steine und Metalle zu bearbeiten."

Wie schön, wenn von einem gesprochen wird, besonders dann, wenn es ein so dickes Buch tut. Es freut mich, es zu verbreiten, aber ich lehne die Erwähnung des Hammers ab, denn er ist unerbittlich und spielt sich auf meine Kosten auf: Wie sehr misshandelt er mich!

91

Die Kurve

Als ich mich langweilte, ein Punkt zu sein, ein elender Punkt ohne höheres Streben, leerte ich einige Gläser und lief an einen anderen Ort.

Da verwandelte ich mich in eine Kurve.

92

Die Nähnadel

Der Faden, der mein Nadelöhr durchdringt, bezeugt der Welt meine Anwesenheit. Ich werde gedrückt, gestoßen, von einer Seite des Stoffes auf die andere gezogen. Viele fürchten meine scharfe Spitze, ich ritze die Haut, bohre mich unter die Nägel, rufe Schmerzen hervor.

Auf diese Weise bin ich stolz; ich habe eine Kraft, ich kann alle stechen, mit Ausnahme einer anderen Nadel, meiner Doppelgängerin.

93

Das Zeichen für Unendlichkeit

Überall kennt man mich als Zeichen der liegenden 8. Natürlich bin ich nicht die mittelmäßige 8, denn ich bin mehr wert als jede andere Zahl, aber es freut mich, während meiner ganzen Arbeitszeit auszuruhen: Mir bleibt so viel zu tun.

94

Der Holzhammer

Viele könnten sagen, dass ich erbarmungslos bin. Ich widerspreche ihnen nicht; im Gegenteil, dank meines Bildes in der Öffentlichkeit fühle ich mich sehr wohl, besonders in diesen dekadenten Zeiten mit so vielen Instrumenten ringsherum, die mit ihrer Modernität prahlen. Ich bin glücklich, wenn ich mich an die Arbeit mache und meine Kraft auf anderen entlade. Ich habe meine Vorlieben: Es gefällt mir, den Meißel auf den Kopf zu hauen: Er ist so fügsam und wir verbringen so viel Zeit miteinander.

95

Der Scheinwerfer

Ich schaffe es sehr gut, die Welt allein mit meiner Arbeit zu verändern: Ich beleuchte diesen Ort und es entsteht ein wenig Wirklichkeit, ich entferne mich von dort und sie erlischt, damit etwas Neues entstehe, ich verleihe den Dingen Volumen und Farbe oder suggeriere das Geheimnis.

Ich weiß nicht, ob ich mich wegen eines unbedeutenden Zufalls beschämt oder siegreich fühlen soll: Wer meine Arbeit bewundert, vermeidet es, mich von vorn zu sehen.

96

Die Pinzette

Es gibt Pinzetten vieler Arten. Einige sind heroisch, mächtig. Andere erwarten delikate Aufgaben. Ich gehöre zu den diskretesten: Ich wurde konstruiert, um Augenbrauen auszuzupfen. Nichts weiter. Ich kenne keine mittelmäßigere und uninteressantere Arbeit.

97

Der Ring

Wenn ich mich an den Finger schmiege, fühle ich mich wohl. Ich bin ich und der Finger ist mein: Wir vertragen uns wie sonst niemand, es gefällt uns, zusammen zu gehen und ich fühle mich untröstlich, wenn man mich abzieht.

Ich habe ein Problem: Ich verabscheue die Metaphern. Der Ausdruck „wie ein Ring am Finger" beleidigt mich, denn es gefällt mir nicht, wenn mein Wert durch Vergleiche gemindert wird.

98

Die Sonde

Niemand gelangt wie ich zu den intimsten Orten. Weder das Kondom, noch das Abführmittel und noch viel weniger das Thermometer kennen das, was ich zu erreichen fähig bin. Wenn ich die Labyrinthe des Blutes durchdringe, besuche ich das Herz. Ich wandere auch durch die Eingeweide, ich schaue und verrichte meine minuziöse Arbeit, indem ich Beweise meiner Besuche sammle, bevor ich zurückkehre. So arbeite ich.

Glücklicherweise habe ich keinen Geruchssinn.

99

Die Spieldose

Dem Erbauer gelang es, mich an einem von vielen Tagen zu entwickeln, als er es überdrüssig wurde, Uhren herzustellen: Mein Hauptkörper ist ein Zylinder, der mit Zinken besetzt ist. Wenn dieser sich dreht, lassen die Zinken Stahlzungen springen, die in Form eines Kammes und mit abnehmenden Längen die Töne hervorbringen. Das Resultat ist leicht zu erraten: Durch die Verteilung der Zinken sind die Musiknoten vorherbestimmt. Ich genieße die Melodie, wenn sie in meinem ganzen Körper erklingt. Sie ist so subtil, so fröhlich … Was ich nicht ertragen könnte, ist, dass ich gezwungen würde, Reggaeton zu spielen. Ich verfluche diesen Tag, der glücklicherweise noch nicht gekommen ist.

100

Das Megaphon

Ich spreche immer laut: Hören Sie mir zu?

101

Der Leuchtturm

Ich leuchte denen, die kein Licht haben, um sich zu orientieren. Ich helfe ihnen, Klippen zu vermeiden. Ich gebe ihnen Hoffnung. Ich rette sie vor dem Tod. Aber woher kommt mein Licht?

102

Die Abortgrube

Ich trage zur Sauberkeit bei, aber welch Ekel: Warum muss ich so viele Würmer ertragen?

103

Der Wasserhahn

Ich bin fest am Ende der Wasserleitung angebracht und zeige nur dann, was ich bin, wenn man meinen Griff dreht. Unglücklicherweise hänge ich von fremden Händen ab, um mich auszudrücken, aber welch Vergnügen, das Wasser durch das Innere meines Körpers strömen zu fühlen, bis ich mich in das Schwimmbecken ergieße.

104

Die Säule

Jedes intelligente Artefakt auf der Welt verleiht meinem Amt Würde, einige gehen sogar so weit, mich zu beneiden. Ich trage die Tempel, wo die Götter wohnen. Ohne Säulen würde die Welt einstürzen; die Gebäude überleben nicht, wenn meine Kräfte nachlassen. Ich klage nicht über die Verantwortung, die auf meinem Haupte ruht. Ich bin einverstanden mit dem, was ich tue, immer starr, unerschütterlich, meiner großen Sendung bewusst. Ah … wie gern würde ich mich bewegen, mich schütteln, wenn auch nur für einen einzigen Augenblick!

105

Das Wappen

Ich weiß nicht, ob mich die Dämonen oder die Götter schufen. Ich weiß nur eines: Außer dazu, den Stolz eines Dummkopfs zu zeigen, tauge ich zu nichts.

106

Die Windfahne

Meine Silhouette ist zerbrechlich, zart, einige werden denken, ich gehörte anderen Welten an. Man muss den Blick heben, um mich zu beobachten. Aber ich bin weder stolz noch glücklich. Mein Unbehagen erklärt sich, ohne lange Reden zu benötigen: Ich bin nicht frei, mich zu drehen, wohin ich will. Ich hänge von den Launen des Windes ab.

107

Das Minuszeichen

Mein Schicksal ist negativ, ich kann es nicht vermeiden. Während mein Arbeitskollege die Zeit damit verbringt zu addieren, bleibt mir nichts anderes übrig als zu subtrahieren und zu subtrahieren.

108

Die Peitsche

Wie ich es genieße, meine Pflicht zu erfüllen!

109

Der Kalender

Die Zukunft hängt von mir ab: Sie steht auf meinen Seiten. Ich sehe alles voraus, außer den Katastrophen.

110

Der Schlusspunkt, der nichts anderes sein wollte als ein Punkt

.

111

Nichts

Inhalt

1. Der Käfig 13
2. Die Windmühlen 14
3. Der Schlüpfer 15
4. Das Würgeisen 16
5. Der melancholische Büstenhalter 17
6. Die Treppe 18
7. Der glückliche Tropfen 19
8. Das Toilettenpapier 20
9. Das Knarren der Türangeln 21
10. Das Schlüsselloch 22
11. Die Trompete 23
12. Die Kugel 24
13. Die Zahl 25
14. Die Uhr mit Handaufzug 26
15. Die Ermüdung des Nagels 27
16. Der Hammer 28
17. Der Schlüssel 29
18. Das Heft 30
19. Der Sarg 31
20. Das verlorene Glück der Münzen 32

21. Die Motorsäge 33
22. Die merkwürdigen Schuhe 34
23. Der Handschuh oder die Falle Gottes 35
24. Der Zug und die Schienen 36
25. Die Tassen 37
26. Der Korken 38
27. Der Korkenzieher 39
28. Die Weinflasche 40
29. Die Schnürsenkel 41
30. Der unglückliche Radiergummi 42
31. Die Socken 43
32. Der Brunnen 44
33. Die Hängematte 45
34. Das Zündholz 46
35. Das Automobil 47
36. Das Kondom 48
37. Das Telefon 49
38. Das Klosett 50
39. Der Anker 51
40. Der Hut 52
41. Das Bett 53
42. Die Brille 54
43. Die Schreibmaschine 55
44. Der Nachttopf 56
45. Die Mauer 57
46. Der Fernseher 58

47. Der Teppich 59

48. Der Spiegel 60

49. Die Pfanne... 61

50. Das Vorhängeschloss.. 62

51. Wenn die Kompasse voneinander abweichen............ 63

52. Der Ziegel 64

53. Auslassungspunkte... 65

54. Die Fahne 66

55. Die Vorhänge und das Fenster 67

56. Die Papierserviette 68

57. Das Buch 69

58. Die Zeitung 70

59. Die Zahnbürste 71

60. Der Feuerlöscher 72

61. Arte factum 73

62. Die Öl-Kerze... 74

63. Der Lippenstift 75

64. Der Strick 76

65. Der Hebel.. 77

66. Viagra.. 78

67. Die Schraube und die Mutter 79

68. Die Lupe 80

69. Die Feile 81

70. Die Beißzange 82

71. Der Stuhl 83

72. Der Krug... 84

73. Die Straßenbahn oder die Gelassenheit der Maschinen 85

74. Das Gas 86

75. Der Angelhaken 87

76. Das Gift 88

77. Die Sandale 89

78. Der Strichpunkt 90

79. Die 69 91

80. Das Abführmittel 92

81. Die Perücke 93

82. Die Unterhose 94

83. Die Elektrizität 95

84. Das Thermometer 96

85. Die Mülltüte 97

86. Das Taschentuch 98

87. Die Verkehrsampel 99

88. Das Astrolabium 100

89. Die Zahnkrone 101

90. Der Meißel 102

91. Die Kurve 103

92. Die Nähnadel 104

93. Das Zeichen für Unendlichkeit 105

94. Der Holzhammer 106

95. Der Scheinwerfer 107

96. Die Pinzette 108

97. Der Ring 109

98. Die Sonde	110
99. Die Spieldose	111
100. Das Megaphon	112
101. Der Leuchtturm	113
102. Die Abortgrube	114
103. Der Wasserhahn	115
104. Die Säule	116
105. Das Wappen	117
106. Die Windfahne	118
107. Das Minuszeichen	119
108. Die Peitsche	120
109. Der Kalender	121
110. Der Schlusspunkt, der nichts anderes sein wollte als ein Punkt	122
111. Nichts	123
Zum Autor	131
Bücher auf Deutsch	132
Zum Übersetzer	133

Zum Autor

Rafael Ángel Herra (1943 in Alajuela, Costa Rica) Schriftsteller und Philosoph. Studierte klassische Philologie und Philosophie an der Universität von Costa Rica. Promotion zum Doktor der Philosophie an der Universität Mainz, Deutschland. Mehr als 20 Jahre Herausgeber der *Revista de Filosofía de la Universidad de Costa Rica*. Gastprofessor an den Universitäten von Bamberg und Gießen. Botschafter in Deutschland und bei der UNESCO. Ordentliches Mitglied der Sprachakademie von Costa Rica. Autor von Artikeln, die in mehreren Printmedien Costa Ricas und anderer Länder erschienen. Einige seiner Erzählungen erscheinen in internationalen Anthologien und sind ins Französische, Italienische und Deutsche übersetzt worden.

rafaelangel.herra@gmail.com

Bücher auf Deutsch

Das göttliche Lumpenpack (bei Twentysix)
Der böse Erfindergeist (digital erhältlich)
Die Kürze des Genusses (digital, zweisprachig)

Romane und Erzählungen
El soñador del penúltimo sueño. Cuentos.
Había una vez un tirano llamado Edipo. Cuentos.
La guerra prodigiosa. Novela.
El genio de la botella. Relato de relatos. Novela.
Viaje al reino de los deseos. Novela.
La divina chusma. 101 fábulas.
D. Juan de los manjares. Novela.
El ingenio maligno. Novela.
Artefactos
El sexo fuerte. Cuentos (im Druck)

Lyrik
Escribo para que existas
La brevedad del goce
Melancolía de la memoria

Einige Essays
Violencia, tecnocratismo y vida cotidiana
Lo montruoso y lo bello
Las cosas de este mundo
Autoengaño. Palabras para todos y sobre cada cual
La vida imperfecta (digital)

Zum Übersetzer

Hans Jürg Tetzeli von Rosador

wurde 1938 in Wien geboren. 1956 -1962 Studium der Germanistik, Anglistik und Romanistik an der Ludwig-Maximilians-Universität in München. 1963 – 2001 Dozent des Goethe-Instituts zur Pflege der deutschen Sprache im Ausland und zur Förderung der internationalen kulturellen Zusammenarbeit. Lehrer für Deutsch als Fremdsprache, Fortbilder für ausländische Deutschlehrer, Lehrbuchautor, Institutsleiter im In- und Ausland und Übersetzer aus dem Spanischen. Er lebt in Berlin.

Übersetzungen aus dem Spanischen:

Magda Santonastasio:

Meinschatz, Gedichte, Tuhana Press,San Diego, California,

U.S.A., 1987

Ko – Koi, Noanama, Gedichte, Costa Rica, 1991

José Luis Pizzi:

Leidis.Ij jabe Junga, Ein argentinischer Roman in Berlin,

Abrazos, 2015

Rafael Ángel Herra:

Romane:

La guerra prodigiosa – Der wundersame Krieg, Verlag der

Universität von Costa Rica, San José, 1998,

sowie die Neubearbeitung, unveröffentlicht

Viaje al reino de los deseos – Reise ins Reich der Wünsche,

unveröffentlicht

El espíritu maligno – Der böse Erfindergeist, Editorial Costa Rica,

2016, E-Book

D. Juan de los manjares – Don Juan der Feinschmecker,
unveröffentlicht

Gedichte:

Escribo para que existas – Ich schreibe, damit du existierst,
unveröffentlicht

La brevedad del goce – Die Kürze des Genusses, zweisprachig,
Editorial Costa Rica, 2016, E-Book

Melancolía del recuerdo – Melancholie der Erinnerung,
unveröffentlicht

Fabeln:

La divina chusma – Das göttliche Lumpenpack, TWENTYSIX,
2016, gedruckt und als E-Book

Hörspiel:

Narciso y las dos hermanas – Narziss und die beiden Schwestern,
Hörspielpreis des WDR, 1992

Filmdrehbuch:

Érase una vez la revolución – Es war einmal die Revolution
(nicht verfilmt)

Rafael Ángel Herra

DAS GÖTTLICHE LUMPENPACK

BESTIARIUM

Auch bei Twentysix zu erhalten